KB263916

재미있고
멋있고
의미있게 살아라

정신병원에서 / 노인이 되어 / 행복을 찾아서

"한 작은 남자의 소박한 깨달음"

박재영

한 작은 남자의 소박한 깨달음

재미있고 멋있고 의미있게 살아라

박재영 지음

재미만은 허무를 낳고
실력이 있어야 멋있을 수 있다
이제 나이 들어
의미있게 살아야 한다

우리의 소원

소원이 하나 생겼다

휴전선 철조망을

모두 걷어내어

고물상에 내다 팔아

떼부자가 되고 싶고,

엿 바꿔 먹는다면

한민족 전체가

먹을 수 있을 게다.

차
례

1부

정신병원에서

재미만은 허무를 낳고

실력이 있어야 멋있을 수 있다

이제 나이 들어

의미있게 살아야 한다

정신병원에서

젊은 시절, 나의 무모한 열정은

모든 것을 집어삼킨다

참담한 결과를 낳았다

그렇지만 삶에 있어 실패란 없다

실수만 있을 따름이다

포기가 실패이고 다시 시작하면 되는 것이다

실수할수록 반성과 함께

나는 더 열심히 살았다

그렇게 나는 매일매일 다시 시작하였다

후회도 반성도 결국 내 삶의 일부였던 것이다.

고독의 굴레

산다는 것은
길을 가는 것입니다

나그네는
혼자 갑니다

같이 가면서도
결국은 혼자인 것을

힘들다
외롭다 말을 합니다

혼자 쓰고 가는 고독의 굴레
인간은
언제나 외롭습니다.

환영

꿈속에서
아버지를 죽였네
깨어보니 정신병원

환청도 아니고
환시도 아닌
환영이라네

죽어버린 아버지
이십 년이 지난 지금
물릴 수도 없네

장가가는 게 꿈인데
아버지 영전에
인사할 수 있을까.

우리의 소원

소원이 하나 생겼다

휴전선 철조망을

모두 걷어내어

고물상에 내다 팔아

떼부자가 되고 싶고,

엿 바꿔 먹는다면

한민족 전체가

먹을 수 있을 게다.

평범한 삶

있으면 있다 하고

없으면 없고

그러면 그렇고

아니면 아니고

맞으면 맞다 하고

틀리면 틀리다 하는

그런

평범한

삶을 살고 싶다.

마음

마음은

생각과 감정

그리고

무의식적인 반응으로

이루어져 있다.

생명

꽃을

지근지근 밟아도

생명이 있는 꽃은

다음 날

다시 고개를 쳐들고

피어오른다

꽃은 시들어

말라비틀어질 때까지

향기는

사라지지 않는다

마지막 힘을 다하여

끝까지 포기하지 말라.

마음

나도

내 마음을 모르는데

하물며

누가 내 마음을 안단 말인가

아는 건 내 마음이

바늘같이 좁고

우주보다 더 넓다는 것이다.

오해

혼자 생각하고

혼자 판단하지 마라

일단은

들어는 보고 판단하여라.

건배

지상 최고

맛있고 멋있는 술은

동해의

떠오르는 태양을

안주 삼아

한 잔 술을 마시는 것이다.

버스 안에서

이십만 원짜리 뷔페 먹으러

버스를 타고 가다

시간이 많이 남아

사람 구경도 하고

차창 밖 풍경

운전 안 해서 좋고

차비도 물론 싸다

가장 좋은 건

기름값 아껴서 좋질 않는가

다음부턴

걸어가야겠다.

기다림

기다림은

설렘을

무겁게 만든다

한점

의혹이 없었지만

속삭임이

거짓이었다

못다 핀

한 송이 꽃은

피우기도 전에 지치리다

그래도 기다려야 한다

참고

기다리면 복이 온다는 것을

나는 안다.

내가 하고 먹고 싶은 것

맑은 공기

생김치

등산

사우나

아메리카노.

하지 말아야 할 다섯 가지
기분 좋은 다섯 가지

1-1 자녀와 떨어져 사는 것

1-2 아침밥 안 먹기

1-3 술주정

1-4 운동 안 하기

1-5 약속 안 지키기

2-1 사우나 후 냉탕

2-2 커피 한 잔

2-3 쇠주 한 잔

2-4 볼펜 심 다 닳기

2-5 친구 골려먹기

회한

한 가닥 품은

마음의 빚

쏟을 곳 없네

뒤돌아보는

회한의 삶

어찌할 수 없네

잊어야지 하면서도

털지 못하는

후회의 그림자

오늘에 살자

내일이 기다린다

또 한고비 넘긴다.

집념

참는 자에게
복이 오고
기다린 자에게
행운이 온다.

이별

마음은 주더라도

정은 주지 마라

헤어지면

마음이 아프다

마음만 받겠습니다.

손해

손해 나는 짓은

하지 말아야 한다

돈 손해는 작은 것이요

몸 손해는 큰 것이다

마음 손해에

어찌 비하겠느냐.

새 아침

아무리 그래도
새벽닭은 운다
옆에서
개 짖는 소리도
들릴 것이며
한낮의 허수아비는
또 기다릴 것이다

밤이 되어 흩뿌리는
보슬비에 내가 젖어
몸 무겁고
마음 무겁다

또 아침이 되어
세상이 바뀌었다
태양은 또다시 뜨고
장은 여지없이 서고 만다.

삶의 목표

웃으면서

행복하게 죽는 것이

나의 인생의

목표이다.

천당

인간 속에

천국과

지옥이 있고

행복이 있다

그냥

그대로 살아라.

고통

진주는

상처에서 피어난다

아픔과 고통을

두려워하지 마라

나는 성장할 것이며

이 순간은 지나가기 마련이다

내일은 내일의 태양이 뜬다.

인생

재미있고

멋있고

의미있게 살아라

재미만은

허무를 낳고

실력이 있어야

멋이 있을 수 있다

이제

나이가 차서

의미있게 살련다.

말과 행동

생각의 씨가

말이 되고

마음에 이르러

행동이 된다

언행의 일치가

바른 삶이고

한 생각이

천국이고 나락이 된다.

근본

씨가 있으면

수렁에서도

꽃이 피어난다

어디에서가 중요한 것이 아니라

무엇을 하느냐가 중요하다

피어나라 한 송이 꽃이여.

인연

인연은 있다
인연에 맞게
인연껏 살아야 한다

자연스러움은
순리이고 인연이다

하나에 하나를 더해
합하여
또 하나가 된다면
최고의 인연이다.

하루만

하루만 살라
오늘 하루만
내일도 하루

과거도 없고
미래도 없다
단지 오늘 하루만 살라

영원한 하루.

인내

참으라

그리고 기다려라

오늘 한 발짝

내일도 한 발

나아가면 된다

쉬어 갈지언정

포기하지 말고 나아가라

때가 되면 이룰 것이다.

삶

삶은 기적이다

인간은 신비이다

모든 건 꿈이고 추억이다.

삶은 기적이다

인간은 신비이다

모든 건 꿈이고 추억이다.

음악 1

세상은 리듬이고 음악이다

우주의 신비
사막의 울림도
음악이다

새벽에 맞춰
춤을 추는 음악 소리는
리듬을 타고 흘러간다.

음악 2

세상은 온통 리듬이고 음악이다

살아있어 음악이고
죽어서도 음악이다

우주의 장대함도
개미의 수레바퀴 소리도
음악이다

음악의 리듬을 타고
장엄하게 죽고 싶다.

무등산 1

거기 있어 오르다
다섯둥이 손 잡고
칭얼대지만
대견함이 보인다

구두닦이 이백 원
골프채닦이 백 원
열심히 저축하여
동생들께 나눠준다

싹이 파란
어여쁜 나의 아들
무등산을
안심하고 물려주련다.

무등산 2

어둠을 뚫고

찬란한 빛이 보인다

무등의 아침

서석대에 반사된다

지난밤은

몹시도 추웠나 보다

이젠 봄이 오리

준비를 하여야겠다

걱정이 앞서는

무등의 아침은 또 시작된다.

봄 1

봄이 오는 게 겁이 난다
여름 될까 봐
온난화의 한파는
겨울을 맥 풀리게 한다

하느님의 노여움은
농부도 한숨짓고
대국의 안개빛은
한반도의 장독 위까지 쌓인다

예상은 하였지만
해도 너무한다
경제의 뒤안길은
인민을 눈멀게 할 것이다

우리의 봄은 그래도 온다
대길할 지어라.

봄 2

인동초도 봄이고

남들 하던

똑같은 봄인데

나의 봄은

어디에도 없다

있긴 있을 텐데

그래

내가 못 찾고 있을 게다.

2부

노인이 되어

재미만은 허무를 낳고

실력이 있어야 멋있을 수 있다

이제 나이 들어

의미있게 살아야 한다

노인이 되어

노인이 되어, 마음을 공부하고

죽음도 공부한다

하루가 선물이 되어 하루를 열심히 살았다

내일도 하루, 그렇게 산 것이다

'행복'도 공부하여 알게 된다

자신이 삶의 주인공이 되어

열심히 노력하여 행복을 찾고 만든다

소소한 일상이 행복이 될 때

그것은 행복의 완성일 것이다

스스로 만족하고 삶에 감사하는

마음이 있다면 이룰 수 있다.

완숙

나 이제

나이 먹어 노인이 되니

세상이 보이고

인생이 보인다

비로소

내가 보여

삶을

완성할 수가 있겠다.

노년의 시간

시간은 더디기만 하는데
빨리만 지나가는 세월 아쉬운
노년의 삶

이대로 멈출 수는 없을까
매일 하는 죽는 연습은
오늘도 공허롭기만 하다

별이 되고 빛이 될 순 없을까
망령의 문턱에도 서 보고
세월은 그저 덧없기만 하다.

용서

도무지

용서할 수가 없다

나야

용서하면

그만이지만

공공의 적을

어찌 가만둔단 말이냐.

노년

돈을 비우고

사랑을 비우고

마음도 비워

남아 있는 모든 것들을

아낌없이 모두 주고 가라

갖고 갈 것은 아무것도 없다

나를 기억할 것이다.

죽음

인간은 그저 죽을 뿐

경험할 수 없다

죽음은 쓰다듬으며 맞이해야 할

맞서는 대상이 아니다

죽음을 알면

죽음이 두렵지가 않다

죽음을 공부하라

하루가 선물이 된다.

세상을 향해

세상을 바꾸려면

먼저

스스로를 바꿔라

내가 변해야

세상이 변한다

그리고

세상을 바꾸어라.

바라지 마라

주어라

아낌없이 주어라

주되

되받으려 하지 마라

기대에

못 미치면

마음만 다친다.

시간

과거는 없다

미래도 없다

시간은

생각 속에서만 존재한다

늘

오늘만 존재할 뿐이다.

의식의 빛

의식은
시간과 공간을 초월한다

의식에게는
현재뿐이다

의식이 깨어나면
진정한 내가 보인다

어느 순간
의식이 스스로를 의식한다
깨어 있는 의식의 빛이
깨달음의 길이다.

새롭고 또 새로워라

매일매일

새롭게 태어나야 한다

새로움은

생활을 닦는 것이다

생활 닦음은

마음 닦음이다

하루하루 새롭고

또 새로워야 한다.

단순하게 살라

간단하고
단순하게 살라

세상 진리는
복잡하지 않다
단순 명료한 것이다

간단하다는 것은
필요없는 것을
멀리하는 것이다.

부처님

세상에서

가장 어려운 것은

자기 자신을 아는 것이다

자기 자신을

안다는 것은

자아의 발견

자아의 성찰

자아의 실현

부처가 되는 것이다.

기억과 추억

기억은

잊혀지지만

추억은

잊을 수가 없다.

청산

과거가 확실해야

미래가 보인다

계산하고

지워버리고

없애버려라

정리가

미래인 것이다.

준비

죽음을 공부하라

하루가 선물이 된다

삶의 무거움

죽음의 가벼움

삶 속에 죽음이 있고

죽음 속에 삶이 있다

교차되는 생사의 순간들은

죽음이 두렵지 않다.

고독

인간은 기본적으로

혼자 살아가고

혼자 고난을 이겨내며

혼자 죽어가는 존재이다

결국은 혼자인 것이다.

깨어나라

깨어 있어

의식을 일깨워라

의식의 날을 세워

마음을 지배하라

나를 찾을 수 있고

세상을 향할 수 있다.

의식의 빛

깨어 있어 보라

마음을 보고

행동을 지켜보라

지켜보는 것을 의식하라

의식의 빛이 나를 볼 때

깨어 있음이고

깨달음의 시작이다.

삶

한바탕 삶은

하고 싶은 것을 하고 사는 것

뜻을 세우고

비전을 가져라

그리고 행동하라

팩트와 구체성을 갖고 행동하라

원하면 갖을 것이고

갈망하면 이룰 것이다.

생명

존재의 기쁨을 느꼈을 때

삶은 환희로 다가온다

매일이 기적이고

존재하는 모든 것이 행복이 된다

오늘 하루 열심히 살아

내일 죽어도 여한이 없다.

삶

마음을

흐르는 물과 같이 하라

생각을

솟는 샘물과 같이 하라

행동을

비호 같이 하라

이로서

세상 산다 할 수 있을 것이다.

변환

새롭게 바라보고
새롭게 생각하고
새롭게 행동하라

늘
새로움과 함께하라

그리고
변치 않고 지켜야 할 것은
목숨 걸고 지키도록 하라.

생각 디자인

깨어 있어 생각을 지켜본다

필요없는 생각을 무시한다

나는 대로 생각하지 않는다

생각을 입력하여

하는 생각을 노력한다

메모하면서 생각을 눈으로 본다

생각을 디자인한다

무결점 생각을 하는 것이다.

오늘

과거의 눈을 통해

현재를 보지 마라

미래의 걱정으로

현재에 불안해하지 마라

오늘은

오늘의 태양이 떠오른다

오늘은

또한 새로움이다

늘

새로움의 연속인 것이다.

지식

살아 있다는 것은

계속 배우고 있다는 것이다

성장이 멈추면

성공도 멈춘다

가장 좋은 투자는

자신에 대한 투자이다

배우고 공부하라

지식이 진정한 힘이다.

인간은

인간은
쓰다가 가는 존재이다

시간을 쓰고
몸과 건강을 쓰며
생각, 마음을 쓴다

언젠가는 없어질
유한한 삶
잘 살고 아껴 써
죽을 때
후회가 없어야 한다.

시도

일단 하여 보라

처음이 어렵고 힘들지만

자꾸 하면

잦아들고 젖어들기 마련이다

다가갈수록 선명해져

빛이 보이고 길이 보인다

뒤돌아보지 말고

좌우를 살펴 앞만 보고 나아가라.

행동

백 마디 말보다

행동 하나가

가장 진솔함의 표현이다

표현하라

마음을 담고 정성을 담아

구체적으로 표현하라.

깨어 있기

자신의

생각을 보라

행동을 보라

마음을 보라

구체적으로 보라

의식하면서 보라

깨어 있는 삶이다

깨달음의

시작과 완성인 것이다.

참 나

생각은 내가 아니고
마음도 내가 아니다

깨어 있는 의식의 빛이
진정한 나이다

항상
의식의 빛을 비추어
나를 놓치지 마라
나를 아는 것이고
나를 찾는 것이다.

욕심

욕심은

자격과 능력이 있는 사람이

내는 것이다.

정 주는 법

정을

정신없이 주면

정신 빠진다

정은

사랑하고는 달리

생각하면서 주는 것이다

정을 주되

되받으려 하지 마라

기대에 못 미치면

마음 다친다.

시간

인생은 짧다

지나면 촌음이고

남아 있는 시간도 길지가 않다

아껴야 할 것들이 시간이고

가장 소중한 것이 시간이다

매 순간 열심히 최선을 다하는 삶만이

길지 않은 인생

후회 없이 사는 것이다.

회상

눈에 담아

마음에 담아

보고 듣는 느낌을 간직한다

훗날

생각으로 되살아나

추억이 된다

희망의 젊음

추억을 먹고 사는 노년

행복의 발자취가 될 것이다.

3부

행복을 찾아서

재미만은 허무를 낳고

실력이 있어야 멋있을 수 있다

이제 나이 들어

의미있게 살아야 한다

행복을 찾아서

세상 진리는 복잡하지 않다

단순명료한 것이다

복잡한 세상살이,

단순하게 사는 것이 삶의 지혜이다

공부하여야 한다

세상을 배우고 자신을 공부하여

삶의 질을 높이고 행복과 진리를 터득한다

공부도 노력이고 행복도 노력이다

열정을 다 바쳐 하라

열정은 자신을 다 바쳐서라도

피워야 할 인생의 꽃이다

비로소 의미 있는 삶이 될 것이다.

생각

드는 생각

하는 생각

솟는 생각

모두 다 다르다

생각없이 사는 것

생각 나는 대로 사는 것

생각하며 사는 것

모두 다 다르다

생각하며 살아야 하고

솟는 생각의 지혜를

선용하는 것이

삶의 방식이고 지혜이다.

자신 공부

나를 알고 공부하라

내면으로 파고들어라

안으로 향할수록

세상은 더 잘 보인다

나를 알면 세상을 아는 것이다.

깨어 있는 삶

보라

몸을 보고 말과 행동을 보라

생각을 보고

마음을 보라

의식하면서 보라

깨어 있는 삶이다.

도전하는 법

하여야 하는 일은

일단 시작하고 보라

부족하고 미진할지라도

시작이 반이다

해 가면서

더하고 채워 넣어

비로소 완성하라.

고독

외로움은

혼자일 때 고통스럽지만

고독은

혼자일 때 편안해진다

고독과 친구하여

고독을 사랑하는 습관을 지녀라

고독을 사랑하는 사람만이

진정한 내가 될 수 있다.

번뇌

마음을 뺏기고

마음이 고이면

마음이 썩어

번뇌가 일어난다

마음은 내가 아니다

번뇌의 온상이 될 수 있는 마음

청소하고 정돈하여

마음을 비워라

행복이고 환희여라.

만족

행복은

느끼는 감정이지만

만족은

내가 할 수 있는

마음의 작용이다

멀리 있는

행복을 구하지 말고

지금 할 수 있는

만족을 취하라

그것이

행복이다

무얼 더 바라겠습니까.

생각 다루는 법

생각을

담지 말고 비워라

생각날 때

해치워 버려라

할 수 없다면

메모하여 일단 머리를 비워라

비워야 마음도 비워지니

채워지기가 쉬워진다

지켜보라

항상 깨어 있어 지켜보라.

시간

시간은
인간의 본질이다

인간은
시간에 매어 산다

시간을 초월하면
온 우주가 내 것이 된다

시간을 초월한다는 것은
깨어 있어 현재에 사는 것이고
시간과 함께 가는 것이다.

도전

삶에서

실패란 없다
실수만 있을 따름이다

포기가
실패이다

언제나 다시
시작하면 되는 것이다

쉬엄 없는 도전 속에
희망이 싹트고 삶이 되살아난다.

나

생각과 감정은

내가 아니다

마음도 내가 아니다

그저 한순간 스치는

이방인일 따름이다

깨어 있는

의식의 빛을 비추어

나를 바라보라

진정한 마음이고

진정한 나인 것이다.

마음자리

맑은 날만 계속되면

사막이 된다

비 오고 바람이 불어야

옥토가 된다

마음자리도

편안한 마음만이 능사가 아니다

좋은 일 궂은일을 함께하여야

편한 마음을 알 수가 있다.

끌림

끌림은

마음의 속삭임

끌림에 다가가라

끌림은 마음과의 인연이다.

여유

여유는

행복보다 더한

삶의 지혜이다

여유는

습관이고 노력이다

여유는 생각하면서 산다는 것이다.

전진

전진하려거든

뒤를 살펴라

좌우를 정돈하고

앞으로 나아가라

전진하였거든

뒤돌아보지 마라

앞만 보고 살피고

지나간 모든 것은 잊으라.

의식

몸은 물질이다
몸이 있다고 아는 것은
몸 자체가 아니라
의식이 아는 것이다

몸은 내가 아니다
나의 것이다
진정한 나는
깨어 있는 의식의 빛이다.

말

말에는

입술의 굴림

마음의 소리

영혼의 외침이 있다.

사람

사람은

몸

마음

깨어 있는 의식으로

이루어졌다.

번뇌

세상에

가장 큰 바보는

혼자 상상하여

번뇌에

자신을 옥죄는 것이다.

도전

새로움에 대한 도전을

주저하거나 망설이지 마라

도전은 사람을 성장시키고

풍요롭게 만든다

인간은 도전하는 존재이다

죽을 때까지 공부하고 도전하라.

생각

삶의 질은

생각의 질에 달려 있다

생각에도

예의가 있고 자존심이 있다

나는 대로 생각하지 말고

생각을 노력하고 디자인하라.

삶의 지혜

구분과 디테일 속에
지혜가 있고
진리가 숨어 있다

한 동작 한 생각
구분 지어 구체성을 갖고
깨어 있어
의식하면서 살라.

인연

관계는 노력이고
인연은 운명이다

인연은 소중하고 아름다운 것
인연만큼 값진 것이 없다

인연을 홀대하지 말고
있을 때 잘하여라.

정의

상대방 입장에 서는 것이
세상 삶의 기본이다
질서가 서고
기업이 번성하며
정치가 바르며
세계가 하나 될 것이다.

삶

사람이

산다는 것은

생각을

행동으로 옮기는 것이다.

얼굴

얼이 서려

굴곡진 것

그대로 두어라

그대로 두어라
더하지도 말고
빼지도 말며

누가 묻거든
그냥
그대로라고

부처님 미소의 속삭임
알아보는 속마음
하나 가득 마음들

다스려라
다스릴지어라
다스려야 하느니라.

자신

새벽을 지배하는 사람은
부지런한 사람이고

시간을 지배하는 사람은
현명한 사람이다

사람을 지배하는 사람은
능력 있는 사람이고

자신을 지배하는 사람만이
비로소 성공한 사람이 된다.

내 삶의 주인

내 삶의 주인은 나다

나여야 한다

아무도

나를 대신할 수 없다

나만이

내 삶의 주인일 것이다.

자신의 창조

자신을 창조하라

깨어 있어 의식하고

항상 새로움과 함께하라

모든 건 변하고

항상 새롭다

하루하루 새롭고

또 새로워라.

행복

행복은

타인의 판단에

좌우되지 않고

자기 자신에게

만족하는 것.

자신

힘들수록

기본에 충실하라

어려울수록

자신에게 집중하라

요동치는 세상사

모든 것은 나와의 싸움이다

나를 이기면

세상을 이길 수 있다.

번뇌 벗어나기

생각이 날뛰어 번뇌가 될 때
번뇌에 직면하여
근원을 추적하라

생각은 내가 아니고
생각은 감정을 불러온다
생각에 속아서는 안 된다

생각을 지켜보아
생각을 극복하고 이겨내라
깨어 있으면 이겨낼 수 있다.

삶의 의미

삶이 진지해질수록

세상이 달리 보이고

삶의 의미는 더해 간다

진지하게 산다는 것은

삶을 사랑한다는 것이다

삶을 사랑하면

풍요로운 삶이 된다

목적이 있고

이유가 있는 삶이 되는 것이다.

재미있고 멋있고 의미있게 살아라

한 작은 남자의 소박한 깨달음

1판 1쇄 발행 2025년 10월 30일
지은이 박재영

편집 유주은   **마케팅·지원** 이창민
펴낸곳 (주)하움출판사   **펴낸이** 문현광

이메일 haum1000@naver.com   **홈페이지** haum.kr
블로그 blog.naver.com/haum1000   **인스타** @haum1007

ISBN 979-11-7374-210-1(03810)

좋은 책을 만들겠습니다.
하움출판사는 독자 여러분의 의견에 항상 귀 기울이고 있습니다.
파본은 구입처에서 교환해 드립니다.